$L b$ $\overset{48}{}$ $1315.$

LETTRE

A

MONSIEUR P....

Volentem, nolentem, fata trahunt.

A BORDEAUX,

DE L'IMPRIMERIE DE LAWALLE JEUNE ET NEVEU,
ALLÉES DE TOURNY, N°. 20.

1819.

LETTRE

À

MONSIEUR Z...

À BORDEAUX

MONSIEUR P....

MONSIEUR,

Un ami vient de m'apprendre que vous aviez parlé de moi dans vos rapports à S. Exc. le Ministre de l'intérieur, comme d'un homme influent à Bordeaux, en ajoutant, il est vrai, que vous l'aviez fait dans les termes les plus flatteurs.

Cet adoucissement n'a pas empêché, comme vous pouvez le croire, que la nouvelle ne m'ait beaucoup surpris par rapport à moi et par rapport à vous. Par rapport à moi, parce qu'étant étranger et presque inconnu dans cette ville, n'y allant que huit à dix fois par an, et n'y demeurant alors presque jamais vingt-quatre heures, je ne pourrai y exercer aucune influence quand même j'aurai les plus grands talens, la plus grande fortune et la plus grande célébrité. Or, je suis pauvre, ignorant, et comme je l'ai dit, presque inconnu. Par rapport à vous, j'ai été surpris, parce que j'étais loin de soupçonner qu'il y eût rien de commun entre vous et S. Exc. Certes, si les cinq ou six fois que le hasard m'a procuré le plaisir de parler devant vous chez M...... j'avais pu imaginer que vous m'étudiiez pour me traduire devant un ministre, j'aurai mis dans mes discours la clarté et la précision nécessaires pour vous empêcher de commettre d'erreur à mon égard, et pour vous épargner la peine de deviner. Je l'ignorai; et dès-lors vous avez dû être forcé au travail pénible de dégager toutes les inconnues, que vous supposiez dans mes expressions, et de me prêter, sans doute, des opinions que je n'ai pas. Je pourrai bien, il me semble, vous demander, de quel droit vous osez vous occuper de moi, et prendre quelques paroles en l'air pour motif de vos rapports; mais j'aime mieux vous apporter des matériaux pour vous mettre en état de les faire mieux. Le hasard m'a mis sous votre plume; apprenez que pour parler convenablement de quelqu'un, soit en bien soit en mal, il faut le connaître à fond. Prêtez-moi donc votre attention; je vais me faire connaître.

Je suis né pacifique et conciliateur. Je n'ai jamais eu qu'une passion, celle de savoir; je n'ai jamais formé qu'un vœu, celui d'être utile aux hommes. Pour satisfaire l'une et l'autre j'ai étudié toutes les sciences dans leurs rapports avec la politique, et la politique est devenue ma science de prédilection. Or, comme je suis persuadé que c'est sous le point de vue politique, qu'il vous importe le plus de me connaître, je vais vous donner une esquisse de ma doctrine; car, ma doctrine, c'est moi. Puisse-t-elle, cette doctrine, devenir la vôtre, celle du ministère, celle de la France, celle du monde.

Je considère la politique comme la science des rapports humains. Ces rapports, je les vois existans entre tous les hommes de la terre, abstraction faite des lieux qu'ils occupent, de leur couleur, de leur langage, de leur culte, de leurs mœurs et de leurs lumières. « Consi- » dérés comme n'étant sujets d'aucun état par- » ticulier, mais comme faisant partie de la po- » pulation immense que renferme le grand » royaume dans lequel tous les corps poli- » tiques sont placés, je ne vois que des frères » et des nationaux. Dans ce royaume, le mo- » narque, c'est Dieu; la patrie, la terre; la loi, » le droit des gens (1) ».

« Mais si l'on retire l'homme de cet état » d'indépendance où il semble au premier

(1) Gaschon, code des Aubains, chap. 1er.

» abord, que la nature l'ait placé, et qu'on le
» considère comme membre de telle société
» civile, on aperçoit bientôt un changement
» complet dans ce qui l'intéresse et dans ce
» qui l'environne. A cette liberté indéfinie
» dont il jouissait auparavant, se trouve subs-
» tituée une liberté de convention qui étant
» mieux en harmonie avec ses besoins, ses
» goûts et sa faiblesse, lui fait connaître en
» même temps et la mesure de ses droits
» et l'étendue de ses obligations. Tout prend
» autour de lui un caractère de fixité, une
» apparence de bien être, et une couleur d'a-
» mélioration. *Sa personne devient sacrée, sa*
» *propriété inviolable, ses biens sont transmis-*
» *sibles, et ses intentions continuellement res-*
» *pectées, reçoivent encore leur accomplis-*
» *sement, même après le moment où il a cessé*
» *d'exister. Dans cette situation nouvelle, le*
» *corps politique est son souverain, l'état sa*
» *patrie, et le droit positif sa loi* (1) »

Les rapports qui existent entre les hommes
amenés à cet état, sont de trois espèces. Ceux
de la première, résultent des relations établies
entre l'être créateur et l'être créé ; elles cons-
tituent les rapports des hommes à Dieu. Ces

---

(1) Gaschon, cod. des Aubains, chap. 11.

rapports donnent lieu aux cultes divers, aux diverses latries, à leurs rites, à leurs cérémonies, etc. Mon opinion en matière religieuse est qu'une société d'hommes peut établir son culte, convenir de ses dogmes, et fixer ses cérémonies. Je pense qu'elle peut exiger le respect pour son culte, ses dogmes et ses cérémonies, de tous ceux qui se trouvent actuellement, sur le territoire qu'elle occupe à quelque titre que ce soit; mais je ne pense pas qu'elle doive forcer personne à professer son culte, croire à ses dogmes, ni à se soumettre à ses cérémonies. Ma pensée se fonde sur ce que je crois que Dieu a créé les hommes physiquement inégaux, en leur donnant à chacun une manière particulière de le concevoir. Or la manière de concevoir étant intérieure; l'intérieur ne peut être connu que de soi; donc, entre soi et Dieu, il ne peut y avoir de tiers-juge. Que si un nombre quelconque d'hommes se trouve avoir une manière à peu près égale de concevoir la divinité, à eux permis de convenir du culte qu'ils doivent lui rendre, et de fixer les cérémonies avec lesquelles ils doivent rendre ce culte; mais cette convention, comme toute convention, ne peut obliger que ceux qui la font et pendant le temps qu'ils jugent convenable. Quant au respect que l'on doit aux cultes convenus, je le crois fondé sur les convenances : vous devez respecter le culte d'autrui pour que l'on respecte le vôtre; car tous les hommes ont un culte.

Vous observerez, ou l'on vous observera peut-être, qu'en laissant à chacun la faculté illimitée de juger de la nature, de ses rapports à Dieu, vous exposez la société à un état d'instabilité et d'oscillation perpétuelles. Détrompez-vous, ou détrompez les autres, en leur apprenant à se mieux connaître. Dites-leur que l'homme est un être sensible, qui n'apporte en venant au monde, qu'une aptitude à concevoir, à apprendre et à retenir; que cette aptitude, en raison de laquelle sont toutes ses connaissances, n'est autre chose qu'une faculté sensitive qui varie dans tous les individus depuis la naissance jusqu'à la mort, et qu'à chaque degré de ces deux termes, chacun juge malgré lui, différemment de lui et de ce qui l'entoure. Dites-leur que c'est en vain que les institutions humaines tendant à la stabilité absolue, incriminent follement cette variation continuelle. La terre dont nous dépendons, et l'univers dont elle dépend elle-même, ne vont-ils pas continuellement en différant depuis le commencement jusqu'à la fin? Dites-le quenr le seul ordre invariable qu'il y ait dans la nature est, cette variation continue qui forçant toutes choses, soumet l'homme lui-même à juger toujours différemment, et cependant toujours conformément à lui, à ses espérances, à ses craintes et à ses intérêts. Dites-leur enfin que les intérêts des hommes ne volent pas au hasard, qu'ils ont, dans le plaisir et dans la douleur, deux guides fidèles qui ne les quittent jamais pendant la vie; que ces guides suffisent seuls pour créer et maintenir l'ordre dans ses diverses branches; que l'ordre est indépendant de l'homme; qu'il ne peut changer d'ordre sans changer de nature; que s'il a existé un ordre religieux, l'ordre religieux existera; et que si la croyance religieuse se modifie, c'est parce qu'il est déjà modifié par une force à laquelle il n'a pu résister.

Les rapports de la seconde espèce sont ceux des hommes entre eux. Ils naissent de leur nature même; car en supposant avec tous *les génésistes*, que Dieu n'ait créé qu'un homme et qu'une femme, il est évident que le besoin de se reproduire résultant de leur organisation a dû 1°. agréger les sexes, produire la famille et les rapports familliaux; 2°. agréger les familles, produire les peuples et les rapports politiques; 3°. agréger les peuples, produire les nations et les rapports nationaux ou diplomatiques. Les rapports familliaux donnent lieu à la parenté des individus et établissent les droits et les obligations des parens entre eux, en raison de l'affinité sanguine ou de la proximité à la souche. Les rapports politiques donnent lieu à la parenté des familles, à la création de l'état, de son gouvernement et de sa forme. La parenté politique des familles établit les droits et les devoirs généraux connus sous le nom de droits civils. La création de l'état établit le rang des familles entre elles, et donne lieu aux droits politiques proprement dits. La création du gouvernement établit les organes politiques, leur hiérarchie, et les droits d'obéissance et de commandement. La forme du gouvernement fixe la manière de commander et d'obéir. Les rapports nationaux tendent à établir la parenté universelle, et à mettre les nations sous l'empire du droit des gens, qui n'est autre que le droit résultant des besoins communs à tous.

Les rapports des hommes aux choses sont ceux de la troisième espèce; ils résultent de la possession de tout ce qui est utile ou de ce que l'on croit tel. Or vous savez que la propriété toujours mal définie, n'est absolument qu'une extension de la propriété de soi; elle est une application de soi aux choses. La propriété ainsi conçue vous fait voir pourquoi, l'esclave qui ne se possède pas lui-même n'a rien, n'a point et ne peut point avoir de propriété.

La propriété fait naître les droits *propriétairéides* ainsi que les devoirs correspondans. La société qui a pu fixer ses dogmes religieux, peut à plus forte raison, fixer l'époque à laquelle un homme sera maître de soi; mais elle ne doit pas empêcher qu'il ne le devienne : car, si un seul homme pouvait ne jamais devenir son propre maître, il serait esclave. Dès-lors tous pourraient le devenir, il n'y aurait plus de propriété réelle, plus de familles, plus de peuples, plus de nations, et plus aucun des droits énumérés. Les hommes cherchant à se dominer ne connaîtraient que la force, et s'établiraient dans un état de guerre permanent, qui ferait du genre humain un cahos pire que celui qu'a décrit Milton. Heureusement cela n'est pas possible, les guides perpétuels que nous avons ci-devant reconnus aux hommes, s'opposent à ce qu'ils détruisent jamais complétement la propriété individuelle. Aussi l'esclavage le plus dur ne peut que restreindre la liberté. Le satrape, le visir, le despote le plus cruel, ne pourra jamais empêcher qu'un homme ne s'appartienne et ne soit libre jusqu'à un certain point.

Je n'entrerai pas dans le détail des rapports propriétairéides. Je vous dirai seulement par voie d'éclaircissement, que les lois qui fixent la majorité et l'émancipation, établissent des rapports de ce genre et sont d'autant meilleurs qu'elles se conforment davantage à la nature, et qu'elles saisissent mieux l'âge ou l'époque de l'émancipation naturelle. Pour les faire bonnes, ces lois, il suffit de savoir quand, dans un climat donné, le plus grand nombre d'hommes, peut subvenir à tous ses besoins.

Vous comprenez que d'après ces principes il ne peut y avoir de propriété sans liberté. En effet la liberté est inhérente à l'homme. Pour s'en convaincre, il suffit de jeter un regard sur lui. Observez-le. Est-il conçu? Comprimez outre mesure le sein de la mère, et vous le tuez. Est-il né? Empêchez le jeu de ses membres et celui de ses organes, et il est mort. Est-il viril? Refusez-lui une compagne, et la mélancolie le conduira lentement au tombeau. Enfin, est-il père? Alors à ses besoins privés se joignent ceux de son épouse et de ses enfans. Mais comment pourra-t-il y subvenir s'il n'est pas libre? La liberté lui est donc nécessaire à toutes les époques de la vie, elle lui est inhérente. Mais me demanderez-vous, la liberté que vous reconnaissez à l'homme sera-t-elle indéfinie, et si elle ne l'est pas, dans quelles bornes la renfermerez-vous ? Je réponds que, dans ma manière de voir, l'homme social doit être libre de faire tout ce qui ne nuit pas à autrui ; c'est-à-dire tout ce qui est légal et licite. Vous êtes porté à ne pas nuire indépendamment des défenses sociales, par la peine que vous éprouvez quand vous voyez souffrir quelqu'un. Lorsque vous raisonnez ce sentiment, quand vous vous imposez l'obligation de ne pas nuire à autrui, c'est comme si vous vous imposiez le devoir de ne point attenter à sa liberté. Dans ce cas c'est vous même, c'est votre propre liberté que vous vous ordonnez de respecter. Aussi la respectez-vous avec un scrupule, que la barbarie de certaines institutions peut seule vous faire surmonter.

La liberté ainsi délimitée étant l'apanage de tous, les hommes la possèdent également, quelles que soient d'ailleurs leurs différens physiques. Dès qu'ils la possèdent également, ils sont égaux relativement à elle. Ils le sont aussi devant Dieu : tous sortent de son sein en naissant, tous en mourant y rentrent. Ils le sont dans leur nature : tous naissent sensibles avec des besoins et des moyens, et tous ont une révolution à parcourir. Ils doivent donc encore l'être aux yeux des lois humaines, et toutes les fois qu'une de ces lois est créée, soit qu'elle punisse, soit qu'elle protège, soit qu'elle récompense, il faut pour être juste, qu'elle soit égale pour tous. Si elle établissait la moindre inégalité, elle serait partiale, elle établirait un privilége, elle cumulerait sur le privilégié une force étrangère, qui produirait une faiblesse dans ceux qui en seraient exclus, et amenerait un trouble proportionnel au déplacement qu'elle ferait.

Il résulte de ces raisonnemens, s'ils sont justes, que le mot égalité implique, ou pour mieux dire renferme celui de sûreté. En effet, on ne peut concevoir d'égalité sans sûreté; à moins qu'on ne suppose que tous sont également en danger. Mais dans cette hypothèse même, le danger étant commun, chacun est certain qu'il n'y est pas plus exposé qu'un autre. Cette certitude amène la garantie, et celle-ci produit, même dans un état de danger permanent, un état permanent de sûreté. Et ne croyez pas que ce raisonnement soit un pur jeu de l'imagination. L'homme n'est-il pas incessamment en danger de mourir, et en vit-il moins insouciant sur la mort? Ici finit l'énumération des principes sur lesquels toute ma doctrine politique se fonde; et ces principes, comme vous le voyez, sont tous renfermés dans ces quatre mots : propriété, liberté, égalité, sûreté. C'est ce qui me les a fait nommer mon tétralogue.

Ce tétralogue étant l'expression abrégée de tous les droits et de tous les devoirs; le gouvernement quelque soit sa forme ne peut avoir d'autre fin que son maintien. Ainsi maintenir la propriété, la liberté, l'égalité et la sûreté parmi les hommes, c'est les gouverner ; et les gouverner dans cet esprit, c'est justice. Ainsi le gouvernement juste sera celui qui dans sa forme et dans sa marche s'adaptera le mieux à l'exécution du précepte : les autres ne seront justes qu'en raison de cette adaption.

Maintenant vous allez me demander, quelle est selon moi, la forme du gouvernement le plus adaptable au précepte énoncé ? Je réponds que c'est celle qui remplit le mieux l'indication de la nature. Je m'explique.

Un nombre d'hommes, vivant anarchiquement, c'est-à-dire, sans chefs, indépendans les uns des autres, étant donné, si l'on suppose qu'un péril imminent vient les surprendre, on les voit spontanément s'agiter en divers sens jusqu'à ce que l'un d'eux, sans autre mission que celle que lui donne son génie et son courage, régularise leurs mouvemens et les guide. Dès qu'il a paru, d'autres, plus ou moins, s'approchent de lui, l'entourent, le conseil-

lent, le secondent et le suivent. Après ceux-ci,
viennent se placer dans l'ordre qu'ils choisis-
sent eux-mêmes, tous les hommes virils qui se
trouvent encore dans le nombre donné. Ceux
qui se sentent inutiles, les vieillards, les
femmes et les enfans, se cachent ou soignent
l'habitation. Ce que nous venons de supposer
par rapport à un péril imminent et imprévu
arriverait aussi, si ces mêmes hommes, s'avi-
saient, tout d'un coup, de se donner un gouvernement. On peut même assurer que dans toutes
les grandes occasions les hommes s'arrangent
et se coordonnent, de cette manière, selon leur
pondérance morale. Des hommes ainsi coor-
donnés, donnent toujours un gouvernement
homogène, qu'on ne peut entamer, sans ren-
verser de fond en comble tous ses élémens.

Considérée dans ce moment, la société, que
nous venons de décrire, offre quatre classes
d'hommes bien distinctes. La première composée d'un seul, d'un monocrate, représente
les démagogues, les tyrans, les rois, les des-
potes, les authocrates, les théocrates, les mi-
litairotes, et tous les chefs uniques quelque
nom qu'on leur donne; la seconde plus ou
moins nombreuse, composée des meilleurs,
des aristocrates, représente les sanhédrins, les
gérontes, les sénateurs, les lords ou les pairs;

la troisième, plus nombreuse encore, composée de tout ce qu'il reste de valide, représente les polites ou les citoyens; la quatrième représente cette classe sans nom, que dans certains pays on nomme improprement le peuple, et que je nommerai les policoles. Ces quatre classes d'hommes, se trouvent dans tous les corps politiques; elles en forment les élémens; et de même que les corps physiques qui ont les mêmes principes pour base, ne diffèrent dans leurs formes que par les proportions de ces principes, de même les corps politiques ne diffèrent dans leurs formes que par la proportion de ces élémens. La meilleure forme de gouvernement serait donc celle dans laquelle ces élémens se trouveraient dans les meilleures proportions possibles, c'est-à-dire, celle qui donnerait aux hommes le plus de chances possibles, de se placer dans l'ordre social, selon leur pondérance morale. Cette forme est celle que l'on trouve établie sous le nom de gouvernement représentatif.

Pour vous convaincre que l'éloge que je fais de cette forme de gouvernement, n'est pas un éloge de faveur, étudiez la constitution des peuples qui l'ont adoptée. Ces peuples sont ceux des Etats-Unis, de France et d'Angleterre. A travers les désinences qui les font différer, vous y remarquerez, peut-être avec surprise, une uniformité constante de principes et de conséquences, de causes et d'effets. Effectivement les législations politiques, civiles et diplomatiques de ces trois nations, sont aujourd'hui toutes entières dans mon tétralogue, c'est-à-dire, dans la propriété, la liberté, l'égalité et la sûreté, comme leur gouvernement tout entier est dans les quatre élémens populaires que nous venons de trouver.

J'ai dit que vous remarqueriez, peut-être, cette uniformité avec surprise, parce qu'on croit généralement, que les principes du gouvernement des Etats-Unis diffèrent essentiellement de ceux des gouvernemens de France et d'Angleterre, tandis que ces principes sont rigoureusement les mêmes, et que la différence n'existe que dans les moyens d'application; c'est-à-dire dans l'ensemble des fonctions, des organes politiques, dans le nombre et dans la manière d'extraire ces organes de la masse populaire, dans les conditions requises pour pouvoir être extrait, et dans la durée de l'extraction. Ces différences qui font pencher les Etats-Unis vers la démocratie, la France vers la policratie, et l'Angleterre vers l'aristocratie, proviennent toutes d'une cause antérieure à l'établissement des gouvernemens.

Cette cause est la division de la propriété territoriale et industrielle. Réfléchissez-y, et vous resterez convaincu, qu'agissant sans cesse, elle doit, tout en se conformant avec rigueur aux principes, entraîner tôt ou tard, la forme du gouvernement dans toutes ses variations. Cette cause inflexible est le véritable destin des corps politiques; il faut bon gré malgré qu'ils en subissent la loi.

Remarquez que dans l'état actuel de la politie humaine, la propriété étant inégalement répartie dans tous les états, les lois constitutionnelles et organiques de l'un ne peuvent s'adapter à un autre, qu'autant que la répartition de la propriété se ressemble, ou qu'autant que préalablement on la force de se ressembler. Mais pour changer la répartition de la propriété dans un état quelconque, il ne suffit pas de changer le mode de l'acquérir et de la transmettre; il faut avant tout changer les goûts et l'industrie qui les alimente, ou les besoins généraux des peuples et leurs moyens généraux d'y subvenir; c'est-à-dire en deux mots, qu'il faut commencer par changer le climat, le sol, ses productions et ses habitans. Tout cela n'est pas impossible, mais c'est fort difficile.

Que penser après ceci des prétendus hommes

d'état qui se figurant que les mêmes mots re-
présentent absolument les mêmes idées, croient
voir les mêmes choses partout où les mêmes
mots existent, ne rêvent en conséquence que
transport d'institutions d'un pays dans un
autre, et rapportent à chaque pas, soit dans
la discussion, soit dans les livres, des exemples
qui ne s'appliquent nullement? Voyez-les;
s'agit-il des détails de l'administration intérieure, de l'application du gouvernement représentatif à la régie des hommes et des choses?
Ils citent tout ce qui se fait en Angleterre,
comme si la France était une île qui fît le commerce du monde et qui en eût les trésors.
Parle-t-on d'établir la pairie? Ils la veulent
héréditaire, comme si la France avait des
vacans immenses à donner à ses pairs à titre
de fiefs héréditaires, ou comme si ses pairs eus-
sent tout récemment conquis le pays. Non, les
pairs d'aujourd'hui n'ont pas conquis la France
pour se la partager, et la France n'a pas de
vacans à leur donner. Chez elle tout est plein,
tout est occupé, tout est régi; et désormais il
est impossible, sans les préalables indiqués,
d'y cumuler la propriété dans un aussi petit
nombre de mains qu'en Angleterre; comme
il est impossible sans eux, de l'y diviser dans
un aussi grand nombre qu'aux Etats-Unis.

Aussi quelque loi organique que l'on fasse ou
que l'on veuille faire, est-il indispensable de
consulter ces préalables. Nul homme d'état ne
peut les négliger; car s'il les néglige comment
s'assurera-t-il que ses institutions arriveront
pure à leur terme? Mais pour les bien em-
ployer, pour en faire un bon usage, il faut
avoir long-temps et profondément étudié les
hommes et les choses. Pour faire de bonnes
lois il ne faut pas être pressé.

Après s'être bien convaincu que le temps
est le grand maître des institutions humaines,
celui qui voudra garantir la durée à celles
qu'il médite, doit, préliminairement connaître
les relations nationales ou diplomatiques de
sa patrie avec les autres nations, et voir si elles
sont bien celles qui doivent exister d'après sa
position géographique, son climat et ses pro-
duits; en d'autres termes, il doit voir si les
traités qui lient sa patrie aux autres nations
ont été faits dans ses intérêts: dans le cas contraire, il doit faire théoriquement ceux qui en
résultent. Ce travail, s'il est bien fait, lui in-
diquera si les lois constitutionnelles et organiques de son pays, sont celles qui résultent
de la division de la propriété industrielle et
territoriale; et dans le cas contraire, il faudra
que par une nouvelle opération théorique, il

les y adapte. Et comme toutes les connaissances se tiennent, cette nouvelle opération
lui mettra en évidence si les législations civiles et criminelles qui la régissent, sont bien
celles qui découlent de la nature humaine.
Mais pour les y rendre propres, pour les y
appliquer dans le cas où elles lui seraient con-
traires, il faut que préalablement il étudie l'organisation de l'homme. Cette étude lui fera
voir partout une fibre également sensible,
également tendre, également susceptible des
élans du plus sublime enthousiasme et des
vertus les plus éclatantes, comme du plus cou-
pable abandon et des crimes les plus atroces.
Elle lui apprendra que ces derniers sont le
plus souvent le résultat des institutions igno-
rantes et despotiques. C'est alors que son ame
profondément émue, déplorera les funestes
effets de ces lois qui, au lieu d'assurer l'existence des hommes, punissent de mort, le mal-
heureux qui, pour la fuir, dérobe quelques
vils alimens.

Lorsque l'aspect des misères humaines aura
éveillé dans son cœur palpitant, le désir d'y
mettre un terme, et que son génie embrâsé
lui aura dévoilé les ressorts délicats que la nature met en jeu pour produire les phénomènes
sociaux, qu'il s'empare de l'homme et que

nouveau créateur il le moule pour ses institutions projetées. Que des réglemens nombreux
et détaillés fixent le cercle de ses droits et de
ses devoirs ; comme enfant : en lui créant les
méthodes d'instruction les plus propres à dé-
velopper les facultés intellectuelles qui doivent
diriger l'application de la personne à l'acquisition de ce qui est utile ; en lui inculquant des
préceptes religieux que sa raison puisse toujours avouer ; et en lui inspirant pour ses au-
teurs, pour son pays, ses lois, ses magistrats,
des sentimens d'amour et de dévouement ;
comme époux et père : en développant en lui
les affections aimantes que la nature y a im-
plantées en faveur de tout ce qui lui ressemble,
et particulièrement pour son compagnon et
pour ses enfans ; comme homme : en le dirigeant toujours vers le bien, l'ordre et l'économie, et en fixant l'emploi de sa puissance et
de ses moyens ; comme maître : en délimitant
son autorité dans le gouvernement de la famille ; comme serviteur enfin : en traçant clai-
rement les divers genres de services auquel il
doit être tenu, et la somme de respect et de
soumission qu'il doit à ceux qui l'admettent
à partager leur sort. Alors il aura constitué la
famille, et comme la famille est un état en
petit, si cette constitution est ce qu'elle doit

être, il lui sera facile, en l'étendant, de cons-
tituer la cité et l'état. Alors il aura prévu et
neutralisé les effets de l'apparition lente et
subite, de ces génies extraordinaires devant
lesquels les institutions les plus fortement com-
binées s'inclinent et s'abaissent ; alors chaque
homme sera la loi vivante, et la loi se trans-
mettra pure avec les générations heureuses qui
la béniront en chantant les louanges de son
auteur. Mais si d'autres sentimens ont présidé
à ces travaux immenses, si l'ame du législateur
n'a considéré les hommes que comme des ins-
trumens passifs de sa vaine ambition, ses institutions ne seront que des chaînes sous lesquelles les peuples accablés couvriront son
nom de malédictions (1).

Vous comprenez, Monsieur, que si un tel
homme existait, il serait, quelque fussent ses
intentions cachées, le législateur de la terre ; il
lui suffirait de parler pour persuader les peuples
et les entraîner. En attendant qu'il se montre,
permettez-moi de prier les prétendus hommes

(1) D'après ce qui est renfermé dans ce paragraphe, la
plupart des constitutions modernes peuvent se comparer à
des châteaux de cartes ; la plupart des lois, à une toile
d'araignée ; la plupart des hommes d'état, aux enfans de
Salomon.

d'état dont nous parlons, de cesser de donner
leur horizon comme les bornes du monde, à
une nation qui, à leur grand étonnement est
toujours devant, quand ils l'a croient derrière.
Qu'ils tâchent de la suivre; voilà ce qu'elle
leur demande. Qu'ils l'étudient surtout; après
qu'ils l'aident s'ils peuvent, et qu'ils n'ou-
blient pas, s'ils ont encore envie de le faire,
qu'on ne transporte jamais les institutions ré-
sultantes de la division de la propriété, sans
préétablir cette division. Mais qu'ils réfléchis-
sent que pour faire une répartition nouvelle
dans un pays où tout est occupé, il faut em-
ployer la force et provoquer une longue série
de révolutions épouvantables. Jetez les yeux
sur l'histoire de Rome, et voyez quelle suite
d'agitations, de tumulte, de violence et de
meurtres, y a causé la seule proposition d'une
loi agraire. Reprenez l'histoire des trente dernières années, et vous verrez que tout le sang
qui a été répandu pendant cet intervalle, que
toutes les guerres civiles et politiques qui ont
été entreprises et soutenues, n'ont pas eu
d'autre cause qu'une répartition nouvelle et
violente de la propriété. Et cependant, on
voudrait recommencer, comme si pour re-
tourner au point d'où l'on est parti, on n'avait
pas le même chemin à parcourir, les mêmes

tempêtes à essuyer et les mêmes naufrages à faire! Hommes qui vous destinez à régir les empires, voulez-vous leur donner des institutions qui fassent leur bonheur? Aux connaissances profondes qui sont indiquées et que vous possédez sans doute, ajoutez celles de l'état de la propriété dans le pays que vous régissez ou que vous voulez régir; et ne perdez pas de vue qu'elle est une extension de soi. Ces connaissances, quand vous les aurez acquises, vous empêcheront d'imiter ces nautoniers mal habiles qui vont toujours sombrer sur les mêmes écueils.

Ce propos me ramène à ce que vous pouvez avoir entendu de moi, chez M.........; il me rappelle que j'ai dit que nos ministres avec le meilleur instrument du monde, et avec les meilleures intentions, peut-être, gâtaient les matières les plus sublimes. J'ajoute, en parlant sans amphibologie, que le gouvernement représentatif, instrument qu'ils manient, est dans les vœux de la France presque toute entière; mais elle le veut conforme à elle-même et non conforme à celui des Etats-Unis, et à celui de l'Angleterre. La raison en est, qu'en Angleterre ce gouvernement est aristocratique et démocratique aux Etats-Unis. La matière manque en France pour l'un et pour l'autre

de ces extrêmes. D'une part on n'y trouve pas
ces fortunes immenses, qui font tourbillonner
un grand nombre d'hommes autour d'un seul,
et rendent le patronage nécessaire; de l'autre
la propriété n'est pas assez répartie pour rendre
l'indépendance individuelle, absolue; aussi
est-ce un terme moyen que la France demande.
Ce terme lui assigne le gouvernement politarchique; c'est-à-dire le gouvernement représentatif fondé sur la classe moyenne de la
nation.

Ce qui doit vous prouver la vérité de ce que
j'avance, c'est qu'effectivement il n'y a presque
pas d'extrêmes en France. La révolution, en
divisant la masse vraiment immense des propriétés dites des mains mortes, a élevé à la
classe moyenne, à la bourgeoisie, une grande
partie de ce que l'on nommait jadis la basse ro-
ture, de même qu'elle y a traîné tous les grands
tenanciers de fiefs qu'elle a dépouillés. Depuis
lors, faire partie de la classe moyenne de la
population est devenu l'objet de l'ambition de
ce qui reste des deux extrêmes. Aussi voyez-
vous que tout ce qui est encore au-dessous y
tend avidement avec énergie, et que ce qui se
trouve ou se croit encore au-dessus, n'y tend
pas, mais s'y précipite. Vous avez assez de
sagacité, vous êtes assez bon observateur,

pour me dispenser de vous indiquer les sources
où j'ai acquis l'expérience que j'ai sur ce sujet';
aussi me bornerai-je à vous dire, sans sortir
de la thèse générale que, puisque la classe
moyenne est le point où tendent à se réunir
tous les intérêts, c'est dans ces intérêts que le
ministère doit calculer toutes les institutions
qu'il médite. Qu'il les étudie donc au nom de
Dieu, qu'il les étudie, et qu'il se rappelle encore une fois que l'étude de ces intérêts n'est
autre que celle de la propriété. S'il s'y livre,
il la trouvera d'une fécondité qui passera
ses espérances ; elle lui fournira des moyens
de gouvernement qui l'immortaliseront. Mais
pour cela, il faut absolument qu'il abandonne
les erremens décepteurs des considérations
puériles. Le vrai homme d'état n'a jamais considéré que le salut du peuple ; aussi est-il passé
en maxime que le salut du peuple est la su-
prême loi.

Je voudrais bien terminer ici ma lettre,
Monsieur, mais avant de quitter cette matière,
je crois devoir vous dire comment j'entends
que l'on peut faire ressortir la forme du gouvernement et ses moyens d'actions, de l'étude,
de la propriété. Vous aurez le précepte et
l'exemple.

En France, les hommes sont libres, et la

propriété est esclave. La liberté des hommes est consacrée par une foule de déclarations constitutionnelles, dont la principale, celle qui renferme toutes les autres s'exprime ainsi : *Les hommes naissent et demeurent libres et égaux en droits.* L'esclavage de la propriété a été déterminé par l'art. 544 du Code Civil, en ces termes : *La propriété est le droit de jouir et de disposer des choses de la manière la plus absolue, pourvu qu'on n'en fasse pas un usage prohibé par les lois et par les réglemens.* Cependant on croit que la propriété est libre. Cette croyance est fondée sur l'art. 1er. de la loi du 28 Septembre 1791, ainsi conçu : « *Le territoire de la France dans toute son étendue est libre comme les personnes qui l'habitent : ainsi toute propriété territoriale ne peut être sujette envers les particuliers qu'aux redevances et aux charges dont la convention n'est pas défendue par la loi, et envers la nation qu'aux contributions publiques établies par le corps législatif, et aux sacrifices que peut exiger le bien général sous la condition d'une juste et préalable indemnité* ». Mais qui ne voit que cette croyance est une erreur, et que cet article un peu amphibologique malgré son apparente clarté, n'établit rien. En effet il dit que le territoire est libre, et cependant, on ne peut pas en priver

son possesseur sans une juste et préalable indemnité ! Donc il est possédé, donc il n'est pas
libre. Si la loi eût voulu que la propriété
territoriale eût été libre, elle aurait dû s'em-
parer du territoire, le diviser en portions égales
ou inégales, et le partager selon qu'elle l'aurait
cru convenable aux pères de famille qui auraient été membres du corps politique, en dé-
clarant qu'ils n'en auraient été que les usu-
fruitiers. Alors la propriété serait devenue
inaliénable et libre ; mais les hommes auraient
été ses esclaves ! Au lieu du gouvernement
représentatif politarchique, vous auriez eu le
gouvernement de Sparte, ou le gouvernement
féodal. Or le contraire existe ; la propriété dé-
pendante est toute concentrée dans les individus ; donc, en France, c'est dans les individus qu'il faut l'étudier.

En dirigeant cette étude de cette manière,
on s'aperçoit bientôt que malgré l'égalité
établie par la loi, les hommes physiquement
inégaux, portent dans l'acquisition et dans la
conservation des choses leur aptitude propre,
et leurs goûts personnels. Cette diversité de
goûts et d'aptitudes, donne lieu aux inéga-
lités morales qui établissent l'inégalité des conditions politiques ou l'inégalité de l'influence
que les membres du corps social exercent les

uns sur les autres : or ces influences sont toujours en raison des biens et des talens qui
sont aussi des biens; donc, ce sont ces influences qui tôt ou tard doivent donner la
forme du gouvernement. Si à ces observations
vous ajoutez que l'homme est un être essentiellement changeant, et que la fortune est
éminemment inconstante; vous en conclurez
que l'influence individuelle, doit être très-
passagère, et qu'un gouvernement fondé sur
ce genre d'influence, doit toujours être prêt
à abandonner celui qui le perd, pour s'em-
parer de celui qui l'acquiert.

La loi, en France, ne met point de bornes
à la faculté d'acquérir. Le Français peut cumuler à son aise sans craindre ni la honte, ni
le blâme; mais il peut aussi prodiguer : et si
l'opinion publique censure quelques fois ses
folles dépenses, la loi ne les flétrit jamais. Au
contraire, elle paraît n'être pas toujours fâchée
de voir crouler les grandes fortunes ; car le propriétaire peut disposer de ses biens de toutes
les manières imaginables, à la seule réserve
de ne pas contrevenir aux réglemens. Elle fait
plus, à la mort d'un propriétaire quelconque,
elle s'empare de son héritage, le brise en autant de parties qu'il y a d'héritiers et le leur
distribue; de sorte qu'au bout de trois géné-

rations, la fortune la plus colossale est souvent imperceptible (1).

La loi des successions est une véritable menstrue politique et propriétairéide ; elle détruit toutes les influences que la propriété donne aux familles, en même temps qu'elle les fait descendre de l'échelle hiérarchique fondée sur ces influences. Il n'y a qu'une seule espèce de propriété que cette menstrue n'attaque pas ; celle des talens. Aussi est-ce l'influence des talens qui doit être l'ame du gouvernement destiné à régir les autres intérêts propriétairéides, ou pour mieux dire, le gouvernement destiné à régir ces intérêts, doit se modeler de manière à recevoir en tout temps avec facilité, l'influence des talens. Maintenant vous devez comprendre pourquoi est mauvaise la loi qui fixe la qualité d'électeur des talens à l'impôt de 300 fr., et celle d'éligible à un impôt

----

(1) L'art. 745 du Code Civil s'exprime ainsi : Les enfans ou les descendans succèdent à leur père et mère, aïeuls et aïeules ou autres descendans, sans distinction de séxe ni de primogéniture, et encore qu'ils soient issus de différens mariages.

Ils succèdent par égales portions et par tête quand ils sont tous au premier degré et appelés de leur chef ; ils succèdent par souche, lorsqu'ils viennent tous ou en partie par représentation.

de 1,000 fr ; car la loi des successions opérant toujours, il doit venir un temps, où à force d'avoir été subdivisée, la propriété ne laissera plus à personne la faculté d'exercer les droits d'élire, et d'être élu, à moins que l'impôt n'augmente en raison directe de la division : ce qui est absurde (1).

Pour être bonne, la loi des élections aurait dû transformer en majorats toutes les propriétés payant actuellement un impôt de 300 et de 1,000 fr. , et les déclarer inaliénables ou aliénables mais indivisibles; ou faire dépendre les qualités d'électeurs et d'éligibles, de conditions indépendantes, de ce que l'on entend communément par propriété. Sans une de ces deux déterminations le droit d'élire et d'être élu, tombera dans la patente, et ne sera exercé que par les agens du commerce proprement dit. Alors la forme du gouvernement changera, comme elle changerait, si l'on transformait en majorats toutes les propriétés payant 300 et 1,000 fr. d'impôt. Le seul moyen qu'il y ait en France de maintenir le gouvernement en harmonie avec les principes qui régissent les hommes et les choses, c'est de fonder ces droits

---

(1) Il est pourtant vrai que le régime dotal arrête un peu la force dissolvante de la loi des successions.

3

sur une autre sorte de propriété. Il est vrai qu'alors on risquerait d'avoir un gouvernement moral indestructible, qui ne serait pas du goût des agioteurs et des agitateurs (1). Quoiqu'il en soit, la loi des élections dont je ne signale pas tous les défauts, pourvu qu'on l'exécute sans se prévaloir des moyens de fraude qu'elle renferme, est encore passable; mais dans soixante-ans elle ne vaudra absolument rien.

Si l'état des fortunes rend encore la loi des élections possible, si elle trouve encore assez d'élémens pour former des colléges d'électeurs, et une chambre de députés, il n'en est pas de même de l'institution de la pairie héréditaire. La pairie héréditaire ne peut pas exister sans majorats; et, avec des majorats, elle est contraire aux principes, qui déclarent les Français égaux devant la loi, à ceux qui lui soumettent l'usage absolu de la propriété, et à ceux de la loi des successions. En établissant des pairs majoratisés, vous ouvrez le gouffre dans lequel iront s'engloutir tous les héritages domaniaux et toutes les libertés publiques de la France.

_____

(1) Ce gouvernement n'est pas une utopie, il ressort de lui-même de la charte, des lois en vigueur, de l'état de la propriété et de celui des lumières.

Vous vous convaincrez que cela serait ainsi si vous observez que les majorats agissant en sens inverse de la loi commune des successions, l'une cumulerait sur quelques têtes tous les débris que l'autre ferait. En moins de deux cents ans on verrait la pairie majoratisée, maitresse absolue de la presque totalité du sol, s'armer de priviléges, pour attacher à la glèbe la presque totalité des habitans. La France retournerait par un autre chemin à un système féodal non moins désastreux, que celui qu'elle a brisé en 1790. Faites-y attention : sous Clovis les Français étaient plus libres qu'ils ne le sont aujourd'hui. Une seule loi, la loi salique, les conduisit en moins de quatre-vingts ans, de cette liberté presque extrême à un esclavage presque complet (1). Or ce que fit alors la loi salique, la loi des majorats le ferait aujourd'hui.

Cependant de ce que je crois la loi des majorats infiniment pernicieuse, il ne faut pas conclure que je ne voudrais qu'une chambre unique dans le corps législatif. Mon opinion est au contraire que la liberté ne peut se maintenir sans la division de ce corps en deux sections.

---

(1) Voyez Observations sur l'Histoire de France par Thouret.

Je pense même qu'il est indispensable qu'elles aient une organisation et des attributions particulières qui les distinguent ; mais comme toutes nos institutions fondamentales tendent à ne créer et à ne maintenir que des influences viagères, il faut que l'une des deux sections, soit destinée à absorber les plus saillantes de ces influences. Vous pouvez appeler cette section chambre de pairs, chambre de lords, chambre d'*optimes*, sénat, peu importe ; toujours faut-il que son existence serve de point de mire et de stimulant à l'ambition des citoyens illustres, comme il faut que leur admission dans le corps que cette section formera, serve de récompense à leurs services et à leurs vertus. C'est la seule aristocratie possible en France.

M. B. de Constant vient de publier un ouvrage dans lequel en parlant de la pairie héréditaire il s'exprime ainsi : « De toutes nos institutions constitutionnelles la pairie héréditaire est peut-être la seule que l'opinion repousse avec une persistence, que rien n'a pu vaincre jusqu'ici. Toutes les fois qu'elle retrouve la liberté de se faire entendre, ou qu'elle ressaisit l'espérance de voir cette institution modifiée, elle s'exprime contre tous les priviléges héréditaires avec une force et une unanimité qu'on ne saurait méconnaître. *J'ai eu l'occasion de m'en convaincre à mon grand regret au moment ou parut, l'acte additionnel dont on m'a si gratuitement attribué toute la rédaction.* Ceux qui avaient regardé ma coopération à cette refonte de nos constitutions précédentes, comme une sorte de garantie que les principes libéraux seraient respectés, virent, dans l'admission d'une classe héréditaire, l'abandon *des opinions que j'avais jusqu'alors professées* ».

« Bonaparte, lui-même, qui, sans avoir le
» sentiment de la liberté, avait l'instinct, de ce
» qui est populaire, s'était aperçu de cette
» disposition générale. Il disait sur la pairie :
» prenez garde, elle n'est pas en harmonie
» avec l'état présent des esprits. Elle blessera
» l'orgueil de l'armée, elle trompera l'attente
» des partisans de l'égalité, elle soulevera
» contre moi mille prétentions individuelles :
» où voulez-vous que je trouve les élémens
» d'aristocratie que la pairie exige ? Les an-
» ciennes fortunes sont ennemies, plusieurs
» des nouvelles sont honteuses. Cinq ou six
» noms illustres ne suffisent pas. Sans sou-
» venirs, sans éclat historique, sans grandes
» propriétés, sur quoi ma pairie sera-t-elle
» fondée ? La pairie Anglaise est toute autre

» chose : elle est au-dessus du peuple, mais
» elle n'est pas contre lui. Ce sont les nobles
» Anglais qui ont donné la liberté à l'An-
» gleterre. La grande charte vient d'eux. Ils
» ont grandi avec la constitution, et sont un
» avec elle. Mais d'ici à trente ans, mes cham-
» pignons de pairs ne seront que des soldats
» ou des chambellans. L'on ne verra dans la
» chambre des pairs qu'un camp ou un anti-
» chambre ».

« *Malgré ses observations, je dois l'avouer,*
» *je persistai dans ma conviction, que pour main-*
» *tenir une monarchie constitutionnelle, l'héré-*
» *dité de la pairie était indispensable* (1) ». M.
B. de C. se refusait, et je pense qu'il se refu-
serait encore à toutes les lumières imaginables, parce qu'au lieu d'avoir des principes il
n'a jamais professé que des opinions. Ap-
pliquez ceux que nous avons posés à son *opi-*
niâtre persistence, et à ce qu'il rapporte de
Napoléon, ou rappelez-vous les événemens qui
ont suivi la publication de l'acte additionnel,
que M. B. de C. dit n'avoir pas rédigé, et dans
la rédaction duquel pourtant, IL PERSISTE, et
vous n'aurez pas de peine à voir de quel côté

(1) Voyez la collection de ses ouvrages, 1er. vol., pag.
234 et suivantes.

était l'homme d'état. Vous pourrez, par la même méthode, vous rendre compte de tous ceux qui existent; écrivains ou autres, en France et en Europe. Je reviens à mon sujet. Nous disions que la seule aristocratie possible en France était l'aristocratie viagère des talens et des vertus : nous en avons donné les raisons.

Quant à la monocratie royale, nous avons trouvé qu'elle était donnée par le penchant que dans les grandes occasions manifestent les hommes, à se placer à la suite d'un seul, dans l'ordre de leur pondérance morale. En France la monocratie est aussi donnée par une exception à la loi des successions. Cette exception fut déclarée de la manière suivante par l'art. 9 de la première section du second chapitre de la constitution de 1791 : « Les biens » que le Roi possède à son avénement au trône » sont réunis irrévocablement au domaine de » la nation; il a la disposition de ceux qu'il » acquiert à titre singulier; s'il n'en a pas dis- » posé, ils sont pareillement réunis à la fin » du règne ». Actuellement le Roi ne possède rien à titre singulier, de sorte qu'il est com- plètement en dehors du système des lois com- munes sur la propriété. Aussi est-il déclaré inviolable et infaillible. De fait et de droit, le Roi en France, par rapport à la propriété, est comme s'il n'était pas.

Ce n'est pas tout : la monocratie royale est encore donnée par les mœurs des Français. Ces mœurs sont monarchiques ; mais comme elles ont été modifiées par l'éducation et par la division de la propriété, elles ont pris une teinte démocratique qui les a transformées en mœurs politarchiques. Voilà pourquoi la nation Française veut et aura le gouvernement résultant de ses mœurs. Ce gouvernement peut changer et se transformer en despotisme ou démocratie selon l'impulsion que lui donnera la division de la propriété ; mais on peut assurer que cette transformation aura lieu lentement et par suite d'un changement survenu dans les mœurs, c'est-à-dire, dans l'éducation et dans la propriété : car les mœurs n'en sont que le résultat. Les trente dernières années en sont la preuve. En vain une révolution inouie a-t-elle renversé le trône et élevé la démocratie ; les mœurs plus fortes que la révolution ont d'abord cédé à l'orage, puis elles ont renversé la démocratie et relevé le trône. En vain des guerres civiles et politiques ont elles tenté de mettre une lacune dans le temps et de séparer les générations ; les mœurs ont renoué les temps et les générations. En vain de nouvelles doctrines ont proclamé l'anéantissement des doctrines anciennes ; les mœurs élaguant les préceptes haineux des uns et des autres, les ont toutes confondues dans une tolérance commune. En vain enfin, d'intérêts nouveaux se sont-ils assis majestueusement sur les débris d'intérêts anciens ; les mœurs plaçant tous les intérêts sur la même ligne, les ont tous conciliés.

C'est ainsi que tout marche dans le monde. Les générations comme les jours s'engrainent les uns dans les autres, et se transmettent toujours en les modifiant, sans jamais les détruire, leurs institutions, leurs croyances, leurs vérités et leurs erreurs. Ce sont elles qui, agissant lentement et d'une manière imperceptible, préparent les événemens quelquefois heureux et quelquefois terribles qui décorent les fastes du genre humain. Le jour qui nous éclaire couve, peut-être à notre insu, sous leurs ailes, les catastrophes qui épouvanteront nos neveux dans des siècles, comme les jours passés y ont couvé, à l'insu de nos ancêtres, les bouleversemens dont le souvenir nous fait encore frémir. Les eaux limoneuses que l'on aperçoit à l'embouchure du fleuve, y ont été apportées depuis sa source, si l'orage les a troublées là.

Ainsi donc, résultat forcé, des générations antérieures, les générations qui couvrent ac-

tuellement le sol de la France, n'ont pu se
soustraire à l'influence des institutions, des
croyances, des vérités et des erreurs en vertu
desquelles elles étaient. Ces institutions modifiées, en vertu desquelles nous sommes,
exerceront sur les générations à venir des influences qui les forceront d'être d'une manière
relative à elles. Démocrates, Policrates, Aristocrates, Olycrates, Monocrates, hommes politiques de tous les pays et de toutes les opinions : réfléchissez ! Une masse d'eau, quelque
volumineuse qu'elle soit, si elle tombe d'un
seul coup sur une pierre, ne la perce pas
mais la brise, ou n'y produit aucun changement sensible; tandis que si la même masse
tombe sur elle lentement et goutte à goutte,
elle finit par la percer. Et vous, Français, ap-
pliquez cette figure aux derniers temps de votre
histoire; elle vous fera voir que la révolution
a agi en sens inverse de ses intérêts. Au lieu de
vous conduire lentement et par degrés vers le
but qu'elle s'était proposé, elle est tombée
de tout son poids sur le corps politique, pour
lui faire franchir en arrière, un espace de
treize siècles : aussi l'a-t-elle brisé en produi-
sant, toute fois, le déchaînement des passions
violentes, et une anarchie farouche qui se dé-
vorant elle-même, a enfanté une *militariotie*

obligée qui aurait anéanti la France et l'Europe,
si Napoléon eût été Attila, et les Français des
barbares errans, comme les Huns, les Alains
et les Teïfales. Heureusement que vous étiez
une nation polie, domiciliée et propriétaire,
qui avait long-temps vécu sous des institutions
parlementaires, et que Napoléon était un grand
homme (1); cet ensemble a sauvé l'Europe,
et conduit la France sous l'empire du gouvernement représentatif. Ce gouvernement donné
par la nature et par la force des choses, est un
moyen d'améliorations indéfinies qui doit rem-
plir tous les vœux et satisfaire tous les intérêts.
Aimez le donc, ô Français, attachez-vous à
cette forme de gouvernement, et persuadez-
vous bien que si vous avez soin de choisir pour
députés des hommes éclairés, énergiques et
probes, peu d'années suffiront pour faire dis-
paraître les imperfections qu'elle renferme, et
pour vous conduire en paix et par degrés vers
le comble du bien être social. Vous oublierez
bientôt au sein de la liberté qu'elle fonde,
tout ce que pouvait avoir d'enivrant le souvenir
d'immortelles victoires; mais vous oublierez
aussi ce qu'a de douloureux le souvenir de

(1) Napoléon est un homme historique, j'en parle comme
je parlerai d'Alexandre ou de César.

célèbres revers. Vous jetterez un voile épais sur les écarts et les fausses routes que chacun de vous peut avoir faites. Transportés au même instant sur un océan inconnu et sans bornes, privés de boussole et de guide, quel est celui de vous qui aurait pu se flatter d'avoir trouvé le véritable chemin du port que vous cherchiez ? Maintenant il est trouvé ce port, et le seul souvenir qu'il soit permis de conserver, c'est celui des héros dont les efforts vous y ont conduit. Célébrez donc leur mémoire ; mais réunissez-vous à leurs sages principes. Elevez leurs des autels ; mais conservez, améliorez, et ne détruisez jamais l'édifice que vous devez à leurs nobles travaux. Faites brûler l'encens au pied de leurs statues ; mais que la chaleur de ce feu sacré embrase votre ame de cet ardent amour de la patrie, dans lequel il faut enfin qu'aillent se perdre tous les ressentimens (1).

Je viens, Monsieur, de vous faire voir comment les générations présentes, résultat forcé des générations antérieures, se trouvaient dans la nécessité de se soumettre aux conséquences des institutions qui avaient long-

(1) N'oubliez pas, s'il vous plaît, Monsieur, que celui qui vous parle, fut en 1815, détenu pendant trente-cinq jours, et exilé ensuite pendant deux ans.

temps régi ; précédemment je vous ai démontré que la forme de ces institutions ressortait de la division de la propriété ; il me reste à vous expliquer comment elle les maintient. Je ne dirai qu'un mot.

La propriété maintient, alimente et fait vivre toutes les institutions, au moyen de l'impôt. Toute la théorie du gouvernement est dans l'application et dans la perception de l'impôt, puisqu'on peut rigoureusement parlant, considérer comme impôt, tous les sacrifices imaginables que les lois imposent. Dans son acception ordinaire, l'impôt est la portion de propriété que chacun sacrifie à son existence sociale. Pour que l'impôt soit légitime, légal et juste, il faut que l'institution sociale procure, à celui qui le paye, un avantage réel, un bien égal à la peine qui résulte du travail qu'il lui faut faire pour acquérir la portion de propriété que l'impôt consomme. Comme percevoir l'impôt et l'appliquer c'est gouverner dans toute son étendue, je dois faire ici ma profession de foi.

Je crois que l'impôt exigé et payé dans les limites que je viens de lui assigner, laissant à chacun la disposition libre du plus possible de ses biens doit produire : 1º. le bien être individuel et avec lui toutes les vertus privées qui en sont la suite ; 2º. l'économie générale des

dépenses improductives des agens du gouvernement et du gouvernement lui-même, et avec
elle toutes les vertus publiques qui lui sont in-
hérentes; 3°. une cumulation de moyens et avec
elle une force d'action égale à la masse de la
prospérité publique et privée produite. Je crois
que tout ce qui est exigé et payé au-delà de ces
limites est illégitime, illégal, injuste, tendant à
énerver celui qui paye, à corrompre celui qui
reçoit, et à précipiter l'état dans une longue
suite de troubles et de désordres. Je crois
enfin, que le centime apporté au fisc, par
qui que ce soit, cause des privations plus ou
moins douloureuses, dont l'expression la plus
forte peut être exprimée par le centime mouillé
de larmes qui représente le morceau de pain
que vous obligez le pauvre d'arracher à ses
enfans.

Tels sont, Monsieur, les principes de politique que je désirerai voir adopter par tout le
monde, non parce qu'ils sont les miens; mais
parce que je les crois ceux de la justice. C'est en
cette considération que je les écrirai et que je
les publierai, quand même l'art. 8 de la charte
ne me dirait pas que « les Français ont le droit
» de publier et de faire imprimer leurs opi-
» nions en se conformant aux lois qui doivent
» réprimer les abus de cette liberté »; et quand
même encore, l'art. 4 de la loi du 15 Mars

1815, ne m'aurait pas dit : « Le dépôt de
» la charte constitutionnelle et de la félicité
» publique est confié à la fidélité, au courage
» de l'armée, des gardes nationales et de tous
» les citoyens ». Mais quand la charte autorise
à parler et à écrire sur toutes les matières, et
qu'une loi ordonne de le faire pour la défense
de la charte, il n'est plus permis à un homme
de bien de se taire et de dissimuler les fautes
des organes politiques qui peuvent lui porter
atteinte. Aussi je parle et j'écris avec franchise
toutes les fois que l'occasion s'en présente;
mais malgré ma sévérité pour ceux de ces organes que je vois errer, je n'en prêche pas
moins l'union des Français aux principes con-
sacrés par la charte en leur assurant que cette
union doit être leur premier dogme politique
et leur ancre de salut. Vous devez comprendre
que parler ainsi c'est parler le langage de la
raison. On peut quelquefois l'incriminer, sans
doute, mais qu'est-ce que cela prouve, sinon
que l'incriminateur n'est pas raisonnable?

Je termine donc : et en obéissant à la loi que
j'ai citée, je déclare que je regarde avec hor-
reur ces manœuvres impies par lesquelles des
magistrats pervers, quand il y en a, cherchent
à se montrer habiles en faisant des coupables.
Je conçois que cette habileté peut convenir et
plaire aux intrigans qui prévoyant de longue

main, les résultats désastreux qu'elle ne peut manquer de produire, attendent ce moment pour augmenter leur fortune, en pêchant, comme on dit, en eau trouble. Quant à moi, qui ne demande que le repos, la gloire et le bonheur de mon pays et ma tranquillité, loin d'attiser en aucune manière les discordes civiles que ces manœuvres tendent à fomenter, si je puis j'éclairerai mes concitoyens; et si je quitte le coin retiré que j'habite, ce sera en imitant le sage qui ne se montre, dans ces tristes occasions, que pour concilier et réunir les contendans, sous l'égide saint de cette tolérance, sans laquelle au rapport d'Homère, les dieux même n'existeraient pas.

Voilà quelle est ma doctrine; Monsieur, s'il est vrai que l'homme se peigne dans ce qu'il dit comme dans ce qu'il fait, je crois, par l'émotion que j'ai éprouvée en écrivant cette lettre, que S. Ex. à qui je vais aussi l'adresser, n'aura pas de peine à juger qui de vous ou de moi s'est le mieux peint.

J'ai l'honneur de vous saluer avec la considération qui vous est due

F. GIORDAN.

Leognan, le 7 Juin 1819.

www.ingramcontent.com/pod-product-compliance
Lightning Source LLC
Chambersburg PA
CBHW061707180626
46818CB00003B/1295